ゲーリー・スナイダー
コレクション1

リップラップと寒山詩

Riprap and Cold Mountain Poems

Gary Snyder
ゲーリー・スナイダー
原成吉 訳

思潮社

リップラップと寒山詩

ゲーリー・スナイダー　原成吉訳

思潮社

この本を、山と海の人たちに捧げる――

スピード・マッキンターフ
エド・マッカラフ
ブラックキー・バーンズ
ジム・バクスター
ロイ・レイモンズ
ロイ・マーチバンクス
スパッド・マーフィー
ジャック・パーシャク
ジョー・デュペロン
ジャック・ヘイウッド
スタンリー・ポーター
クレイジー・ホース・メイスン

目次

リップラップ

寒山詩

装幀＝奥定泰之

リップラップと寒山詩

ゲーリー・スナイダー・コレクション1

©Jim Snyder

リップラップ

リップラップとは——馬が通れるようなトレイルを
作るために、山の急斜面の滑りやすい岩に
据えられた石

八月なかば、サワドー山の火事見張り小屋にて

下の谷は霧にかすむ
五日つづきの雨のあと、暑い日が三日
樹脂がモミの毬花にかがやく
岩と草原のむこうには
羽化したばかりのメクラアブの群。

まえに本で読んだことが思い出せない
友だちはほんの数人、でもみんな町にいる。
ブリキのカップで冷たい雪解け水を飲みながら

はるか数キロ先を見下ろす
高い、静かな大気のなか。

Mid-August at Sourdough Mountain Lookout

一九五四年夏、遅い雪と製材所のストライキ

町全体が閉まっている
　　海岸線の道をヒッチハイク、乗せてくれたのは
材木を積んでいない伐採日雇い労働者の
オンボロトラックだけ。木こりたちはみんな釣りに出かけている
無数の割れ目がはいった板張り家の玄関さきには
冷たいオイルに浸かったチェーンソー
夏の雨のなか、静まりかえっている。
ワシントン州北部の山道を
風に吹かれる埃のように

ヒッチハイクで行ったり来たり、働く場所などない。
シャクサン山の下の急な尾根を登る
　松の木立が
　霧に漂う
考える場所も働く場所もなく
　放浪する。

ひとり、ベーカー山の
まばゆい雪渓のなか。
町は、長い谷の西
仕事のことを考える、しかしここは
ぎらぎらする日差しに燃え立つ
下には濡れた崖、上には凍った湖
北西部すべてがストライキ中

冷えた黒い燃焼機
製材所のベルトコンベアーは止まったまま
引き返さなくては。
　　天と地のあいだ——
　雪山につかまっているおれは
そしてシアトルで列に並ばなくては。
仕事を探しに。

The Late Snow & Lumber Strike of the Summer of Fifty-Four

病んだ女たちへの賛歌

一

女性は子を産める、だから規律
（自然に反した）は女を
　　混乱させるだけ
女は、顔をななめにむけ
腕をそっとのばし、ふれる
むずかしいダンス、しかし心はちがう。

袖にふれる手。　日を浴びながらクモの巣で
　　変化する葉っぱを女はもっている。
浅瀬のマスのように男を飛びはねさせ
雌ガモや冷たい沼地になり
静寂をすいつくす。　骨が襲いかかる
涼しげな瞳のうしろで結び目が成長する
根がとつぜん男をおおい、彼をかたくする
頭蓋骨の屋根の口から雨がふり、小さな流れが
　　あふれる
髪がのび、舌がこわばる——そして女は
さっと振りむく。　後ろをちらっと見て、片手で
腿をなぜる、そして男はそれを見る。

二

おまえが見ればリンゴは腐る。
花は枝を見捨て
土地は白骨に変わる。　山の斜面の
水稲も陸稲も枯れてしまう。
　　すべての女たちは傷ついている
ベリーを集め、まだらな光のなかで穴を掘り
腐葉土から白い根を掘り返し、石の上で木の実を割る
やぶにらみで高台の上
　　あるいはスギの木陰でくつろぐ。

傷ついている
ユルトのなかで、あるいは枠のなかで、あるいは郊外で買い物をする
鮮やかな服を着た母たちの姿で。

その病んだ目が大地から活力を奪う
断食させろ！　喉を開かなければ邪悪なものはやってこない
　　　　　　　きみたち若い女は
はじめての腹痛に襲われると
朽ちた木や葉をあつめ
わたしたちの台所には近づかない。
きみたちの小さな菜園、色鮮やかな布地
子どもたちを運ぶ独創的なやり方
きみたちが隠すのは
　　季節や潮のような美しさ
　　　　　　　　海が泣く
病んだ女たちは
光をあびながら長い足でダンスするのを夢みている
いや、ちがう、わたしたちの母であるイヴは　肩に石を投げつけられ
地獄へと引きずられた。

カーリー／シャクティ

では地獄とはどこに？
月のなかに。
月の満ちかけのなかに。
樹皮の小屋のなかに
五日間、太陽から隠れてうずくまり
汚らしい腿から血を滴らせながら。

パイユート・クリーク

花崗岩の峰ひとつ
木が一本、これで十分
あるいは岩ひとつ、小さなクリーク
淵に浮かぶ木の皮ひとつ。
褶曲し、湾曲する、山また山
わずかな岩の裂け目に
根を押し込める逞しい木々
その上にどでかい月、そいつはやりすぎ。
精神はさまよう。百万回の

夏、夜の大気は静かで、岩は
温かい。　終わりのない山なみをおおう空。
人間であることに伴うすべて無用なものが
抜け落ちてゆく、硬い岩がゆれる
この心のたぎりのまえに
重い現実さえも鳴りをひそめる。
言葉も本も
高い岩棚から流れ落ちる小さな滝のように
乾いた大気のなかに消えてゆく。

研ぎ澄まされた精神は
見るものは、真に見られるもの
それ以外の意味をもたない。
だれも岩を愛しはしない、だがおれたちはここにいる。
夜が冷える。月明かりのなか

チラッと光るものが
ジュニパーの木陰にさっと消える。
その奥には、見えない
クーガー、あるいはコヨーテの
冷たい誇らしげな目が
おれが立ち去るのをじっと見ている。

Piute Creek

火明かりのミルトン

一九五五年八月、パイユート・クリーク

「ちくしょう地獄だ、おれの目は
　　悲しみのうちに何を見るのか?」
相棒は片手ハンマーの
老いた鉱夫、石の
筋目が読めるたいした奴だ
花崗岩を爆破して
雪、雪解け、ラバの蹄の
繰り返しに、何年も持ちこたえる
スイッチバックを作ることができる。

ミルトンよ、失われたおれたちみんなに共通の祖先
果実をかじった二人の馬鹿げた物語が、なんの
　　　　　役にたつというのだ。

インディアン、チェーンソーの少年
それに六頭のラバの一隊が
キャンプにトマトと青いリンゴを
届けにきてくれた。
鞍にかける毛布にくるまって
明るい夜空の下で眠る
天の川は朝には傾いている。
カケスが金切り声をあげ
コーヒーが沸く。

一万年もたてば、シエラは

乾き、死にたえ、サソリの住みかとなるだろう。
氷が引っかいたゆるやかな傾面の岩と曲がった木々。
楽園はない、堕落もない、
あるのは風化してゆく陸地だけ
回転する空
己の悪魔と一緒に
精神の無秩序をきれいにしようとする人間。
ああ、なんたる地獄!

火が衰える
暗くてもう読めない、道から数キロはなれた
草地では、背の空荷に泥を詰め込まれた
雌ロバが首の鐘を鳴らしている
これから弛んだ石の
古いトレイルをせわしく移動してゆくのだ

夏の日がな一日。

Milton by Firelight

ペイト・ヴァレーの上で

昼にはトレイルの最後の区間の
片づけを終え
尾根側の
クリークから六〇〇メートル上の
峠に到着、それから
ストローブ松の森
花崗岩の山の背をこえ、雪が水をやった
小さな緑の草地へ
そのまわりにはアスペンの木立――太陽は

真上で、ジリジリと照りつけていた
しかし大気は涼しかった。
木漏れ日のなかで
冷たいマスのフライを食べた。そのとき
キラキラ光るものを目にした、黒い
火山ガラスの破片——黒曜石——見つけたのは
一輪の花のそば。両手、両膝をつきながら
ベアグラスの茂みのなかを
はい回ると、数千もの捨てられた矢尻が
一〇〇メートル四方に散らばっていた。まともなものは
ひとつもなく、カミソリのような剝片ばかり
夏を除けば雪が絶えることのない山
太った夏ジカの土地に
かれらはキャンプしにやってきたのだ。自分たちの
トレイルを。おれは

おれのトレイルをたどった。冷たいドリル
石ノミ、片手ハンマー、そしてダイナマイトの
袋を手に取った。
一万年の歳月。

Above Pate Valley

水

太陽の圧力にたまりかねて
崩れた岩の斜面をホップ・ステップの目のくらむような勢いで駆けおりた
ジュニパーの木陰で水たまりの小石がズッズッと音をたて
今年かえったガラガラヘビの小さな舌がシュシュと動いた
おれはぴょんと跳んで、丸石の色をしたかわいい蜷局《とぐろ》を笑った——
熱に打たれて、平らな石をクリークの淵へと一目散
両側がアーチ状になった崖からもんどり打って
頭と肩から水中へ。
川底の玉石のうえに大の字——耳はとどろき

冷たさにたまらず両目を開けると、一匹のマスと鉢合わせ。

Water

イカした友へ

かつてきみをしこたま殴ったことがあった
酔っぱらい、なん週間も苦しんでいたきみを
そしてきみとはそれきりだった
そして今日きみは穏やかにぼくに話してくれた
　だから、いまはこう思う
まともじゃなかったのはぼくの方だって
　きみは安ものの赤ワインを手放さず
　ぼくは本に夢中だった。
裸でぼくにむかって走ってきたことがあったね

三月の冷たい海に膝までつかって
波が打ちよせる二つの離れ岩のあいだの
　足下のおぼつかない浜を――
きみはヒンドゥー教のディヴァの少女みたいだった
色白の足が波間でおどっていた
乳房は海の夢のような
乳房、そして子ども、そしてミルクを迸らせる
　星のようなヴィーナス。
ぼくたちは塩の唇を交した。

きみの身体の幻に
数週間も酔いしれ、そのせいで
　いわば恍惚状態だった
ある日歯医者の椅子に座ったときですら。
消えた宝石、きみに再会したのは

ジマーのインド美術の本のなか。
あの活気にみちて踊る姿
愛と優雅さ、そして輪形の飾りと
あらわにした性器のすぐ上に
　　金色の小さな帯をまとって
そしてぼくは思った——きみが本来いるべき
あのディヴァの野生の暮らしには
もっとたくさんの愛と優雅さがあるのだと
きみが常に与え、あるいは手にする
このドレスとガードルの暮らしよりも。

＊この詩の最初の行は、それなりの理由があってこれまで批判されてきた。この詩が書かれた状況は、一九五〇年代初めのバークレーのことだったと思う。ある真夜中のパーティから、泥酔したデートの相手を連れて外に出てくると、その女性は怒りにまかせてぼくを殴りはじめた。ぼくは自分をかばいながら殴らせておき、その女性を車に押し込んだ――あれは父の古いパッカード社の車だった。詩を書いているときに、ぼくが女性を殴ったとしたほうが、より男らしいし、あるいはより紳士的だ、という考えが頭に浮かんだ。たぶんそれは騎士道精神からだろう。その女性に手荒なまねをしたことなど一度もない。批評家たち、とりわけ同僚のサンドラ・ギルバートからは、不用意に女性に対する暴力を描くなんて、まったく弁解の余地はない、と批判されてきた。批評家たちのご指摘はごもっともだ。この問題を処理する最良の方法は、この詩を削除したり、だまってそのラインを変えるよりも、この注を付けることだろう。

（出版五十周年記念版に付された注）

For a Far-out Friend

馬草

はるかサンウォーキンのあたりから
あいつは夜半すぎに車を走らせ
マリポサ経由の
危ない山道を登って
干し草を満載した大きなトラックを
納屋のうしろに
　　つけた、午前八時に。
ウィンチとロープとフックを使い
暗がりのなかでおれたちは
ささくれたアメリカ杉の垂木の高さまで、きれいに積みあげた

光りが屋根板の隙間から差しこんで
アルファルファの屑が舞っている
干し草が汗まみれのシャツと靴のなかで
　　　チクチクする。
外の暑い囲い柵のなか
ブラック・オークの木陰で昼飯
――老いた牝馬が弁当に鼻をすりつける
バッタが草むらでパチパチ音をたてる――
「もう六十八だぜ」と男は言った
「はじめて干し草をはね上げたのが十七だ。
この仕事をやりはじめたその日に思ったたね
一生こんなことやってられるか、冗談じゃねえって。
でもよ、いい様だよな、それをずっと
やってきちまったんだから、おれはよ」

薄氷

長く厳しい寒さが続いたあとの
二月のある暖かい日に
スーマス山の
古い林道を歩いていた
ハンノキを切って杖にした
雲の切れ間から下を見ると
ヌックサック川の湿地が広がっていた——
そして道いっぱいの
凍った水たまりの氷を踏んだ。

そいつはギュギュと音をたて
なかの白い空気が
ぱっと飛びちり、長いヒビが
黒のなかを走った
滑り止めをつけたぼくの登山靴が
堅いつるつるの表面をすべった
——薄氷のごとし——突然
昔の格言が現実のものとなる——
凍った葉っぱ、
氷が解けた水、手には杖、と思った瞬間。
「薄氷を踏むがごとし——」と
うしろにいる仲間に叫んだ
氷が割れ、ぼくは落ちた
二十センチ水のなか

ヌックサック・ヴァレー

一九五六年二月

北への旅の終着地
ベリー摘みの小屋のなか
それは野のはずれに立っている
ぬかるんだ広大な野原は、森へ、そして雲に霞む山なみへ伸びている
午後の間ずっと、ヒマラヤスギの薪をストーブにくべている
暗い空がくらさをまし、一羽のサギが飛んでゆくのを眺めている
ばかでかいセッターの子犬が埃っぽい簡易ベッドでうとうとと。
背の高い朽ちた切り株が残っている再生林の
平地、ヌックサック川が蛇行する辺りに、農家が点在している

平地。スティールヘッド鱒の遡上の時期だ
　　一週間すれば、おれは
九十九号線を南へ、いくつもの町をとおって、サンフランシスコへ
　　　　それから日本だ。

南と東に広がるアメリカのすべて
そこでの二十五年の旅を中断するときがやってきた
精神の頂、そこでおれは向きを変える
この土地に——岩　木　そして人に、これまで以上に
おれは捕らわれているが、目覚め、離れる覚悟はできている。
　　　忌まわしい想い出
夥しい数の役に立たぬ理論、失敗、そしてさらに悪い成功
学校、女の子、取引が邪魔しようとする
この詩を絵空事に、あわれみの対象に
よい仕事をする代わりのつまらぬ暇つぶしに変えようと。

そのスギの壁は
一九三五年、建築半ばでおわったおれの育った農家の匂い。
雲は山に沈む
またコーヒーが温まった。その犬は
ふりむき、辺りをうかがい、落ち着くと、眠りにつく。

Nooksack Valley

雨期のあいだずっと

あの牝馬は野にいた——
大きな松の木と家畜小屋があったが
あいつは遮るもののない場所にいた
風上に尻をむけ、びしょ濡れで。
あの子のエイプリルを捕まえて
鞍なしで乗ろうとしたが
そいつはとび跳ね、急に駆けだした
そのあと新芽を食んでいた
山の斜面の

ユーカリの木陰で。

All Through the Rains

鳥たちの渡り

一九五六年四月

それはたったいまハチドリからはじまった
二メートル先のポーチでホバリングしていたが
　　　　　　　　　　　　　　　　　もういない
それでぼくは勉強をやめた。
外に目をやるとセコイアの柵柱が少し傾き
そこに黄色い花をつけた薮が生い茂っていた
ぼくの背より高いその茂みを
いつもかきわけながら
家のなかへ入る――

太陽の光が蔦をとおして
影の網細工をつくる。ミヤマシトドが
木の上ですばらしい声で鳴いている
下の谷からは雄鶏のコケコッコー。
外ではジャック・ケルアックが、ぼくのうしろの
日向で『金剛経』を読む。
きのう、ぼくは『鳥たちの渡り』を読んだ。
ムナグロとキョクアジサシの生態について。
きょう、その膨大な抽象がぼくたちの戸口で現実に
ユキヒメドリとワタリツグミがみんな去ってしまったから
巣作りにやっきになっている鳥たちが糸くずを集めている
そして四月の夏の暑さに
霞むこの日
海鳥たちが山を越えて
沿岸を北へ、春を追う。

アラスカの巣作りまで
六週間。

東寺

京都、真言宗総本山の寺院

下着姿で男たちが寝ている
頭の下には新聞紙
東寺の軒の下
高さ三メートル、強固な鉄製の弘法大師が
大股で歩く、笠の上には鳩がとまっている。

金網のむこうをのぞき見る
埃をかぶった金箔の像の数々
冷笑を浮かべ、ふっくらした腹の

すばらしい菩薩――たぶん観音――
両性具有、あらゆる試練をへて、重心を
片方の足にかけ、蛇のような金色の後光に包まれ
陰のなかで光り輝く
ヒップな古代の微笑み
インドとチベットが息づいている。

子連れの
胸をはだけた若い母親が
寺の古木の
木陰でくつろいでいる
東寺には煩わす者はいない。
外では路面電車のガタンゴトン。

東本願寺

真宗本廟

静かな埃まみれの
　　北縁の角で
上がり段にすわり弁当を食べている農夫たち。
梁のうしろの高みには――小さな
　　木彫りの欄干
そこには木の葉や捻れた幹
蔦、そして艶やかな牝鹿のすがた。
　　そのまえには、六つ枝角のある牡鹿が
うしろを振り返り、牝鹿をじっと見ている。

その大きな瓦屋根は長い弧を描き
街の上に、泥岩の
灰色の山を浮かべる。

Higashi Hongwanji

京都　三月

元気のない日射しのなかを
風花が舞いおちる。
寒さのなか、鳥が鳴く
壁のあたりにムシクイドリ。梅の
堅くて、冷たい蕾、開花はもうすぐ。
月は初めの
四分の一、夕暮れどきは
西の空にぼんやり輝く。木星は
夜の坐禅が終わるころには

空のなかば。鳩の鳴きごえは
弓が矢を放つような音をかなでる。
夜明けの比叡山の頂は粉を
まぶしたような白。澄んだ空気のなか
街を取り囲む、緑の山襞があざやか
息が喉に痛い。霜がおりた
屋根の下では
恋人たちが、布団のなかの
優しい身体の
ぬくもりを離れ
うす氷を割って顔を洗う
そしてかわいい子どもや孫たちを
起こしては、朝飯を食べさせる。

石庭

一

日本　海の巨大な石の庭。
鍬と草取りの響き
何世紀ものあいだ　山水は野をくだり
用水や池となり
膝まで埋まる、ぬかるんだ田んぼとなる。
石工のノミとノコを引く音
一尺角の檜の梁をけずる男

その背に木漏れ日がゆれる。
森で斧の一撃を聞いたような気がした
それで夢が途切れた。列車のなかで夢みながら目が覚めた。
きっと千年前のことだったにちがいない
日本のある古い山の製材所でのこと。
過激な詩人たちと未婚の女たちの群れ
そしておれはあの夜、熊のように東京をうろつき
知性と絶望の
人類の未来をたどった。

二

知り合いの女の子が頭にうかぶ。
黒いおかっぱ頭のちびっこたちが

埃っぽい朝の道路に水をまく——
そして夏に百日の夜を歩き
開け放した戸口や簾のむこうに
千もの愛しい姿を目にした
触れあう仕草、滑るような足取り、裸
さらに可愛らしいのは、いちばん年老いた、素っ裸の女たち
おれはそこで初めて、老いてしなびた乳房を見た
内に秘めた悲しみや失望とは無縁のもの
なぜなら、時の儚さと破壊の力が意味するものは
実のところ、美しい女の年齢だけ——
しかし、子どもや婆たちに「慕われている」という想い
その気品ある一瞥が、時を滅ぼす。
都市は栄えては滅び、また栄える
嵐から、地震から、火事から、爆撃から
きらきら輝く水田は穂を実らせ、いやな臭いを放つ

成長し、燃え尽きるすべてのものは
空《くう》のなかに、小さな音節を掛ける。

三

けっして書くことのないような詩に想いをはせる。
木と皮に弦を張り、親指で爪弾き
言葉をもとめて、つかえながら、新たな節を創りだすのだ
どんな言語でも、この瞬間、一度だけのあるべき形が
ワイン、あるいは血となるように、あるいはそれをリズムに乗せる――
言葉が事物へ飛びつき、そしてそこで止まる。
空っぽの洞穴と仕事場の道具
そして聖なる丸屋根を創造する、名付けることのできないものを。
足もとで奏でる長く古いコーラスが

海で山のような高く激しい調べを創る。
おお、女神よ、雌牛を暖め、賢者たちを正気にする
道に迷った女神よ
（そして狂気でさえ悪魔たちをむさぼる）
それから踊れ、宝石をちりばめた木々と蓮の花冠のなか
業平《なりひら》の恋人のために、鳴く千鳥のために
成長した赤ん坊、そして子ども時代の家のために
そして、さまざまな場所や街を移ろいながら、移ろいながら
泣くがよい、永久に南へ消えた鳥たちのような
男たちのために。
姿を消して久しい、家持《やかもち》とソローの鷹が
かなたの山の上を飛ぶ、その手にはもどらず
あたりは人びとのざわめきであふれている。

四

おれたちのもとに生まれなかったあの子はどうなったのか――
喜びが人を誕生に、死に結びつける
――さあ、家に集おう――すぐに別れてしまうのだから――
（娘は学校に、息子は仕事）
そして銀色の魚の鱗は手を、まな板を覆う。
軒下で真っ赤に燃える炭
しゃがみ込んで、ご飯が吹きこぼれるまで団扇であおぐ
友や子どもたちみんなが食べにやってくる。
この結婚に終わりはない。喜びは
それを押しつぶし、そして再び築きあげる
肉体と木と石で
そこにその女がいる――老いてもいないし、若くもない女が。

このことを精神にとどめながら
火と時が造りあげた均整のとれた庭。

紅海にて
一九五七年十二月

A Stone Garden

サッパ・クリーク号

さび色の腹をした年代物のやつは、もうすぐ消えてなくなる
おれたちがまだこの世にいるうちに、廃棄され、お払い箱だ——
でも、ここでは世話をしてくれと叫ぶ
おれたちはこいつの鋼鉄の棚を赤く塗り
真鍮のでかいバルブに緑の
回転ハンドルをつけてやる。ゴミ取りとゴミ缶は
隅のしかるべき場所に——
何を捨てるかよく考えながら。
梱《こり》につまったボロ布の山、バス・ローブ、子ども用ジーンズ

そして派手なプリント模様の主婦のドレス
ここが終着地点——床の油をすべて拭きとる
バック・ポケットから戦利品みたいにぶらさげて
ペンキを削りとり、バルブ漏れに詰め物をし、頭がおかしくなる
凍った肉を食べ、おれたち油まみれの看護夫は歩きまわり
病んだ、小うるさいオンボロタンカーのお世話をする。

The Sappa Creek

スマトラ北部沿岸沖、午前五時

スマトラ北部沿岸沖、午前五時

警報ベルで目が覚めた、おれはボートデッキの折りたたみ式ベッドで
寝ていた
そいつは機関室の奥で鳴っていた
それから船首の見張り番の鐘が三度ゴーンと響きわたった
直前に危険物あり、エンジンが高い音をあげ
船が揺れ、向きを変えた
全速後進、飛び起きると、暗闇のなかに

暗い陸が見えた。　そこに島があるとは思いもよらぬところに。
船は完全に向きを変え、エンジンは
最徐行運転
静かで、漂流しているよう。
東の空に夜明けの光が黒い島の丘の背後に
　　　　　　　　　　　さしはじめる
明けの明星が雲間からとつぜん顔をだすと
そよ風が岸のほうから吹いてきた。
密林湿地帯の腐葉土と穏やかな命。
おれはベッドにもどり、横になってその空気を吸いこんだ。
数週間にわたる海と機械の匂いのあと。
船は航路を見つけ、また全速力で
航海を続けた。

またバカをしでかした

またバカをしでかした
体重のかけ方をまちがえて
足場板をひっくり返し
おれはビルジへ投げ出された
ガロン缶に入った濃い赤の
ドロドロベタベタの
イタリア製甲板用ペンキを
白く塗ったばかりの隔壁にぶちまけちまった。
軽はずみな動きで

目も当てられないありさま。
やれやれ、また壁を塗り直さなくては
この惨事から回収できるのは、詩の一篇だけ。

Goofing Again

T-2タンカー・ブルース

写真、安っぽい雑誌、酔っぱらいの喧嘩、エロ本、それに海上での日々のことで精神はふくれあがる。社会の仕組みと金を憎みながら、おれの両手を金で売り渡し、逆戻りしてやっている仕事、それがこの軍用オイルを運ぶこと――

ようやくおれはボートデッキにひとり座る。 タンカーの汚い折りたたみ式ベッドを借りて、月、白い航跡、黒い水、そして二、三の輝く星を見ている。

一日中、マルキ・ド・サドを読む――あいつは嫌いだ――奴の挑戦に想いをめぐらせ、おれの心にあるソドミーや殺人を探しだす――そして宇宙が、陽気で、クールで、果てしなく空《くう》なものだと気づく――

サド、そして理性、そしてキリスト教的愛。

非人間的な大洋、黒い水平線、明るく青い月の光に照らされた空
月、完璧な智慧の真珠――古い象徴、波、月の反映――あの女神たちの名前
その表面にはあのウサギ、神話、潮の満ち引き
非人間的な彦星――あの非人間的な「語り」。すべての空間をみる目は、このひとつの人間の頭蓋にはめ込まれている。姿を変えて。太陽の熱の源は精神だ
おれは、非人間的だと叫びはしないし、そのことがおれたちをちっぽけな存在にし、自然を偉大にしていると考えてはしない、おれたちは、じゅうぶんだ、いまのままで
――
見えない海鳥がおれたちの跡をおう、救世主たちがやってきて、おれたちを救う。
おれたちの船がミッドウェイの緑のラグーンに碇泊していたとき、船のまわりに小魚の大群が泳いでいたっけ。海岸にはグンカンドリの死骸、幅三十センチほどのカメの甲羅にはまだ肉片がくっついていた――
そして狭い岩礁から再び海にでる、ペルシャまで一カ月。日本にある、すべての大きな木の仏像はこの波間を上下にゆれていた、鳥に気づかれることもなく――

きのうは泳いだから海水の味だった。いまは関節が悲鳴をあげている、おれが目にするもの、気づかないもの、そしてけっして失うことのないもの、そのすべてが、どっと押し寄せてくる——

きのうの夜は港で酔っぱらって、とんだバカをしでかした、それにおれたちが読んだ愚にも付かないこのバカ話。ハワイの労働者は、長い樽に入ったビールをおれたちと分けあった、女気なしの浚渫作業員と鉄鋼作業員の酔っぱらいたち、ギャンブル場でのこと、奴らは、おれたち変な船乗りを「ブラーラ」と呼び、おれたちの腕をぐっとつかんで本物のハワイアンを歌ってくれた

髭を生やした茶色い肌、太平洋のすべての血が混じっている笑い声、ボロボロのシャツ、ブリキのヘルメット、時給三ドル五セントの人たち。

おれだって、もっとまともなバカになろうとしているんだ。人間、非人間的な人間ほど、広大で、美しく、かけ離れていて、理性をもたない（波に光る不滅のバラ色の朝焼け——岩の偉大な正確さ）ものはない

おれはそいつを見ている、さそり座のそばの椅子から一千光年のあいだ、さそり座はおれの苦境、ありふれた星に同情と哀れみを投げかけてくれる、その気遣いに驚き、心

をうごかされて

それからまた形を変えてゆく。おれの妻はもういない、おれの恋人はもういない、おれの本は人に貸した、おれの服はくたびれている、車は人にやってしまった。それはすべて数年前のこと。精神と物質、愛と空間は、ビールの泡のように儚い。船は荒波にもまれてゆく

火がこの船の駆動軸を回転させる、潤滑油と騒音でいっぱい——昔のシュロの血——砂地の香しいオイル——完璧な鋼鉄を溶接した板に抱かれて。

T-2 Tanker Blues

カルタヘナ

どしゃぶりの雨と雷で道路は水びだし
おれたちはインディオの娘たちとバーで踊った
　　　膝まで半分ほど水につかって
いちばん若い娘はドレスをするっと落とすと、腰まで
　　　むきだしにして踊った
でかい黒人の甲板員は椅子にすわって、お相手をひざにのせ
　　　ドレスでその娘の顔をすっぽりおおって、いちゃついていた
コカコーラとラム酒と雨水が床一面にあふれていた。
おれは酔っぱらって、まぶしい明かりのなかを千鳥足で、すべての部屋を

歩きまわり
「カルタヘナ！　穢れた恋人たちの泥沼！」と大声でさけんだ。
そして年下のインディオの娼婦たちに涙をながした
おれは十八だった
そして屋台で買ったサンダルをはいて、バシャバシャッと
船員たちの後についていった
そして船にもどった、夜明けのころには
おれたちは海のはるか彼方にいた。

コロンビア　一九四八年――アラビア　一九五八年

Cartagena

リップラップ

この言葉をおくのだ
精神のまえに石のように。
　　　　しっかり、両手で
しかるべき場所に、据えるのだ
精神という肉体のまえに
　　　　時空のなかに。
樹皮、木の葉、あるいは壁の揺るぎなさ
　　　　事物のリップラップ。
銀河の丸石
　　　　さまよう惑星

これらの詩、人びと
　　鞍を引きずる
迷子のポニーたち
　　そして足もと確かな石のトレイル。
世界はまるで限りない
　　四次元の
囲碁のゲーム。
　　アリや小石は
薄いローム層のなか、一つひとつの岩が言葉
　　クリークに洗われた石は
花崗岩。火と重力の苦悩が
　　深くしみこんだ
水晶と堆積物は、熱と結合し
　　すべてが変わる、事物と同様
思考において。

寒山詩

寒山詩の序

台州の使節、閭《りゅう》丘《きゅう》胤《いん》による

［寒山という名前は、かれが暮らした場所に由来している。寒山は中国に古くから伝わるボロをまとった隠者の系譜につらなる、山にくらす風狂の人である。かれが寒山というときは、かれ自身、かれの家、かれの心理状態をさしている。生きたのは唐の時代——伝わるところによれば、紀元六二七 - 六五〇年、けれども拾得はかれよりも後の時代、紀元七〇〇 - 七八〇年とされる。おおまかにいうと、杜甫、王維、白居易と同時代といえよう。かれの詩は三〇〇篇が残っていて、それは唐時代の話し言葉で書かれている。粗削りで生気がいい。詩には道教、仏教、禅の考えがみられる。寒山と親友の拾得は、のちの時代になると禅画の画題として好んで描かれるようになった——手に巻物や箒、そして高笑いなどはよく知られている。ふたりは仙人になった。ときには現代のアメリカでも、たとえばスラム街、果樹園、渡り労働者のたまり場、きこりたちの野営地などで、かれらに出くわすこともある。］

寒山がどんな人だったのかはわからない。かれを知る古老たちは、あいつは貧乏で頭がおかしいと言っていた。天台の唐興県の西七十里にある寒山というところにひとりで暮らしていた。かれはときどき国清寺へ出かけた。寺には食堂係をしている拾得がいた。かれはときどき寒山のために残り物を竹筒にかくしておいた。寒山はやってくるとそれを持ち帰ったという。ながい廊下を歩きながら、うれしそうに大きな声で叫んだり、独り言をいったり、笑ったりしていた。寺僧たちに追いかけられ、捕まり、物笑いの種にされると、寒山はじっと立ちどまって手をたたき——ハア、ハア——と高笑いをして、しばらくすると立ち去った。

寒山は乞食のようだった。身体も顔も年老いて、疲れたようすだが、かれの吐く言葉の一つひとつは、よく考えてみると、すべて道理にかなっていた。そのすべてに深遠な道の心が宿っていた。樺の樹皮の冠をかぶり、ボロボロでクタクタの服をきて、足には木の下駄をはいていた。このように道を究めた人たちは、故意に姿をかくして人びとにものの道理をおしえる。ながい廊下で、歌いながら、ハア、ハア、三界に輪廻だ、と口走る。ときには、村や畑で、牛飼いの子どもたちといっしょに笑い歌う。ときには頑固で、ときには愛想がよく、本性のあるがままに楽しんでいる。しかし賢人でなければ、その正体を見抜くことはできない。

わたしは丹丘（台州）の地の下級官史の職を引き受けたことがあった。出発の日になってはげしい頭痛におそわれた。医者を呼んだが、よくはならず、ますます痛みはひどくなった。そのとき天台山の国清寺から豊干《ぶかん》という名の禅師が、わたしを訪ねてきたので会うことにした。この病を治してほしいと禅師にたのんだ。するとにこりと笑ってこう言った。「身体には四つ元素がある、病とは実態のないものから生ずるのです。もし病を取り除きたければ、浄水が必要なのです」。だれかが禅師のところに水を持ってくると、師はその水をわたしに吹きかけた。するとたちまち頭痛は消えてなくなった。それから禅師は、「台州には瘴気がたちこめているから、あちらへ行ったらじゅうぶん気をつけなさい」と言った。「そこには、わたしが師と仰ぐような賢者はいらっしゃいますか?」とたずねると、師はこう答えた。「あなたがその方を見ても、判るまい。その方と判っても、あなたには見えまい。その方に会いたければ、見かけに頼ってはいけません。そうすればその方に会える。寒山は文殊菩薩で、国清寺に身を隠している。拾得は普賢菩薩なのです。ふたりは乞食のような身なりをしていて、その振るまいはさながら狂人のようです。ときにはどこかへ出かけ、ときには戻ってきますが、国清寺の庫裏《くり》で竈《かま》をしております」と言って立ち去った。

わたしは任地の台州へ旅だったが、豊干禅師の話が忘れられなかったので、着任して三日後にその寺へ出かけ、長老にたずねてみた。どうも禅師の話が本当のようなので、唐興県に寒山と拾得がいるかどうか調べるよう命じた。県の役人から、「県境から西へ七十里のところにある山がございます。そこの者の話では、しばしば巌から貧者が国清寺に出かけるところを目にしており、寺の庫裏には拾得という名の同じような者がおります」との報告があった。そこでわたしは、礼拝をしに国清寺へ出かけ、寺の者たちにたずねた。「この寺に豊干という名の禅師がおられたそうだが、その院はどちらか？　また寒山と拾得は、いまはどちらにおられるのか？」すると道翹《どうぎょう》という名の僧が、「豊干禅師は経蔵（図書館）のうしろにお住まいでした。しかしいまは、どなたも住んでおりません。虎が一頭やってきては吠えています。寒山と拾得は、庫裏におります」とおしえてくれた。僧の案内で豊干禅師の院の庭へいってみた。僧が門を開けると、そこには虎の足跡が残されているだった。そこで宝徳道翹に、「豊干禅師はここにおられたとき何をされていたのか？」とたずねた。「米をついておられました。夜になると歌をうたって、ひとりで楽しんでいたようです」と僧はこたえた。それから庫裏へいってみると、竈のまえでふたりの者が大声で笑っていた。わたしが礼拝すると、ホウ！と大声でわたしをどなりつけ、互いに手をとると――ハァハァ！――と高笑いしてから、「豊干のおしゃべり野郎めが。阿弥陀さえわからぬおまえが、おれたちにお辞儀をしてなんになる」とわめきたてた。まわりに集まってきて僧たちは、「こんな偉いお役人が、どうしてこんな愚か者のふたりにお辞儀をされるのだ」とおどろいた。ふたりは手を取りあうと寺から走って逃げだした。「つかまえろ」とわたしは叫んだが、逃げ足は速かった。寒山は寒山へ帰ってしまった。「あの者たちはこの寺に腰を落ち着けるつもりはあるだろうか？」と僧たちにたずねた。それからわたしは、「ふたりのために家を用意して、寒山と拾得をこの寺に呼びもどし、ここで暮らしてもらうよう取りはからうように」と命じた。

わたしは台州にもどり、二揃いのきれいな服と香のたぐいを用意させ、それを寺へ送ったが、ふたりは寺に帰ってはこなかった。そこでそれを寒山へ送らせた。寒山は運搬人を見ると、「盗人、盗人め」とわめきたて山の洞窟へ逃げこむと、「おまえたちに言っておく。みんな、しっかり務めにはげめ」と大声で叫んだ。そして洞窟のなかへ消えた。穴はひとりでに閉じてしまったので、後を追うこともできなかった。拾得の消息もまったくつかめなかった。

そこで道翹とほかの僧たちに、これまでのふたりの暮らしぶりを調べるよう命じた。そして竹や木、石や壁に書かれた詩をさがさせた。また村の人家の壁に書かれたものもあつめさせた。三〇〇篇をこえる詩があった。土地の神を祭った祠の壁には、拾得が書いた偈文《げもん》があった。これらを編さんし一冊の本にした。わたしは仏の教えに専念していたので、幸運にも道の達人にお会いすることができた。これはその賛辞である。

一

寒山への道はおもしろい
道はあっても、車や馬の跡はない。
連なる渓谷――容易にはたどれない曲がり
重なりあう崖――驚くほど切りたった斜面。
草は露にたわみ
松は風にうたう。
そしていま道に迷えば
身体が影にたずねる、離れずについてこられるかい？

二

おれは錯綜とした崖に住処をもとめた――
鳥の道のみ、人が通う道はない。
庭の先には何がある？
霞む岩にしがみつく白い雲。
ここに住んで――すでに幾年――
くり返し春と冬はすぎてゆく。
銀器や車と暮らす奴らに言ってやれ
「そんな雑音と金が、いったい何の役に立つ？」

三

山のなかは寒い。
昔からいつも寒かった、今年だけに限らない。
畳峰はつねに雪におおわれ
ほのぐらい峡谷の森は霧をはきだす。
六月のおわりでも草はまだ芽をふく
八月になれば葉は散りはじめる。
そしてここ、山の高みで
いくら目をこらしても、天空は見えない。

四

馬を走らせ、荒れはてた町をゆく
荒れはてた町に、おれの意気はしずむ。
高い、低い、古い城壁
大きな、小さな、いにしえの墓。
おれはひとり、影を振る
朽ちてゆく棺のヒビ割れる音もきこえない。
この俗人たちすべての骨を哀れむ
その名前は仙人の書物に記されることはない。

五

落ちつく場所がほしかった
寒山はすばらしい
見えない松をふきぬけるそよ風――
耳をすませば――音はさらにはっきりと。
その下にはゴマ塩あたまの男が
黄帝や老子を読みながら、何やらつぶやいている。
家に帰ることなくすでに十年
来たときの道さえ忘れてしまった。

六

寒山への道をたずねても
寒山へ通じる道はない。
夏も氷はとけず
朝日はうずまく霧にかすむ。
どうやってたどりついたか？
おれの心はお前たちとは違う
もしおれと同じ心になれたら
おまえもここにたどりつけるだろう。

七

寒山に落ちついたのはずっと昔
もうかなりの歳月が過ぎたようだ。
自由気ままに、山渓をめぐり
ぶらつきながら、じっくり事物をながめる。
こんな山奥へ来る人はいない
白い雲があつまっては渦をまく。
わずかな草はしき布団
青い空はかけ布団にはもってこい。
石の枕も気もちがいい
天と地、そのなすがままに。

八

寒山の道をのぼれば
寒山の径はどこまでもつづく。
長い峡谷はガレや大岩が流れをふさぎ
谷川はひろく、霧にけむる草。
雨が降らなくても苔はつるつる
松はうたうが、風はない。
世のしがらみを跳びこえ
白い雲のなか、いっしょに坐るものはいないか？

九

険しく、暗い——寒山の径
小石だらけの急な径——氷のような谷川のほとり。
いつもピーピーないている鳥
辿る人のひとりもいない淋しい径。
ヒュ－ヒュ－風がおれの顔をうち
ヒラヒラとまう雪がおれの背につもる。
くる朝くる朝、朝日は見えない
くる年くる年、春のきざしもない。

十

寒山に暮らして
かれこれ三十年。
きのう友や親類をたずねてみたが
そのほとんどが黄泉の国へ旅だっていた。
ロウソクの炎のようにゆっくりと燃えつき
川の流れのようにたえることがない。
けさ、いましがた、ひとりじぶんの影をまえにして
思わずおれの両目は涙にうるむ。

十一

碧い谷川の泉は清んでいる
寒山の月明かりは白い
沈黙の智慧――精神はひとりでに明らかになる
空をじっと見つめよ。この世が静けさを凌ぐ。

十二

この世に生まれて三十年
数千万キロをさまよい歩いた。
河辺を歩くときは、ふかい緑の草のなかを
紅塵のまう町へも入った。
薬もためしたが、仙人にはなれなかった
本を読み、詠史についての詩をかいた。
いまは寒山におちついて
流れのほとりに眠り、耳をきよめる。

十三

鳥のうたに心を抑えられない
だから草庵で休むとしよう。
桜は紅い花をつけ
柳は羽毛のような芽をふく。
朝日は青山の頂をすすみ
明るい雲は緑の池をあらう。
誰が知ろう、俗世をはなれて
おれが寒山の南に上るなど?

十四

寒山には不思議なことがたくさんある
ここへ登るものはいつもびくびくしている。
月が輝くと、水は澄みわたりきらめく
風が吹くと、草はヒューヒューガサガサ声をあげる。
裸の梅の木に、雪の花
枯れた切株に、霧の葉。
雨に湿ればいろあざやかに息を吹きかえす
季節をまちがえれば谷川はわたれない。

十五

寒山には裸の虫が一ぴきいる
その身は白く、頭は黒い。
手には二巻の書物をもつ
ひとつは道経、ひとつは徳経。
その小屋には鍋もかまどもない
散歩のときはシャツもズボンもおかまいなし。
しかしそいつはいつも智慧の剣をもち
煩悩を叩き切ろうとしている。

十六

寒山は一軒の家
梁もなければ壁もない。

六つの門は左右に開かれ
広間は青い空。
部屋はすべて空いていて、境はあいまい
東の壁は西の壁をたたく
まんなかは無。

借り手に煩わされることはない。
寒さのなか少しばかり火をおこし
腹がへれば青菜を煮る。
でかい納屋と牧草地をもった
悪徳富農はまっぴらだ――
そんな奴は自分で刑務所を作るだけ。
ひとたび入れば、抜け出せなくなる。
よく考えてごらん――
これはあんたにも起こるからね。

十七

寒山に隠遁するなら
山菜や木イチゴを食って生きる——
一生、憂うことなどあろうか？
人は己の業《カルマ》をまっとうする。
月日は水のように流れ
時は火打ち石の火花のよう。
世の移り変わりはそのままに——
おれは心穏やかに岩壁に坐る。

十八

天台山のほとんどの人は
寒山を知らない
その本心を知ることもなく
戯言よばわりする。

十九

ひとたび寒山にはいれば、騒ぎはおさまる——
もつれはほどけ、悩みはきえる。
おれはぼんやり崖にすわって、詩をかく
漂う小舟のように、心に浮かぶものを何であれ。

二十

ある批評家がおれを責めたてた——
「おまえの詩は道理に欠ける」
そこでおれは先人たちを想いだす
貧しさを恥とはしない人びとを。
奴の言葉に思わず吹きだした。
まったくわかっちゃいない
金儲けしか頭にない
奴らときたら。

二十一

寒山に暮らして――いくどの秋を過ごしたのか。
ひとり、歌をつぶやく――憂いはひとつもない。
腹がへれば、仙薬を一粒
心は澄みわたり、石によりかかる。

二十二

寒山の頂にかかる、孤独な円い月が
雲ひとつない、澄みわたった天空をてらす。
自然の無償の宝を受け入れなさい
五蘊《ごうん》のなかに隠れ、身体に埋もれた尊いものを。

二十三

はじめからおれの家は、寒山にあった
煩いごとを遠くはなれ、山をぶらついた。

万象は跡形もなく消え去り
解き放たれ、そして銀河をながれ
光の泉となり、心にふりそそぐ——
物ではない、しかしおれの目のまえに現れる
仏性の真珠がわかった
完璧なはてしない球体、その使いみちが。

二十四

寒山を見ると
あいつは狂っている、とだれもが言う
身にまとっているのはボロと獣の皮
さほど人目を引くところはない。
奴らはおれの言うことがわからない
おれは奴らの言葉をはなさない。
会う奴に言ってやるのはこのひと言
「いちど寒山へいらっしゃい」

以下の中国語の原典は、久須本文雄著『寒山拾得』上・下巻（講談社、一九八五年）による。

一

可笑寒山道
而無車馬蹤
聯谿難記曲
畳嶂不知重
泣露千般草
吟風一様松
此時迷径処
形問影何従

二

重巌我卜居
鳥道絶人迹
庭際何所有
白雲抱幽石
住茲凡幾年
屢見春冬易
寄語鐘鼎家
虚名定何益

三

山中何太冷
自古非今年
沓嶂恆凝雪
幽林毎吐煙
草生芒種後
葉落立秋前
此有沈迷客
窺窺不見天

四

駆馬度荒城
荒城動客情
高低旧雉堞
大小古墳塋
自振孤蓬影
長凝拱木声
所嗟皆俗骨
仙史更無名

五

欲得安身処
寒山可長保
微風吹幽松
近聴声愈好
下有斑白人
喃喃読黄老
十年帰不得
忘却来時道

六

人問寒山道
寒山路不通
夏天氷未釈
日出霧朦朧
似我何由届
與君心不同
君心若似我
還得到其中

七

粤自居寒山
曾経幾萬載
任運遯林泉
棲遅観自在
巌中人不到
白雲常靉靆
細草作臥褥
青天為被蓋
快活枕石頭
天地任変改

八

登陟寒山道
寒山路不窮
谿長石磊磊
澗闊草濛濛
苔滑非関雨
松鳴不仮風
誰能超世累
共坐白雲中

九

杳杳寒山道
落落冷澗濱
啾啾常有鳥
寂寂更無人
淅淅風吹面
紛紛雪積身
朝朝不見日
歳歳不知春

十

一向寒山坐
淹留三十年
昨来訪親友
太半入黄泉
漸減如残燭
長流似逝川
今朝対孤影
不覚涙雙懸

十一

碧澗泉水清
寒山月華白
黙知神自明
観空境逾寂

十二

出生三十年
常遊千萬里
行江青草合
入塞紅塵起
錬薬空求仙
読書兼詠史
今日帰寒山
枕流兼洗耳

十三

鳥語情不堪
其時臥草庵
桜桃紅爍爍
楊柳正毵毵
旭日銜青嶂
晴雲洗緑潭
誰知出塵俗
馭上寒山南

＊宮内庁本では一句目の「鳥語」は「鳥弄」となっている。スナイダーはこの版をテキストにしている。

十四

寒山多幽奇
登者皆恒慴
月照水澄澄
風吹草獵獵
凋梅雪作花
杌木雲充葉
觸雨轉鮮霊
非晴不可渉

十五

寒山有躶蟲
身白而頭黒
手把両巻書
一道将一徳
往不安釜竈
行不賷衣裓
常持智慧劒
擬破煩悩賊

十六

寒山有一宅
宅中無欄隔
六門左右通
堂中見天碧
房房虚索索
東壁打西壁
其中一物無
免被人来借
寒到焼軟火
飢来煮菜喫
不学田舎翁
広置田荘宅
盡作地獄業
一入何曾極
好好善思量
思量知軌則

十七

一自遯寒山
養命餐山果
平生何所憂
此世随縁過
日月如逝川
光陰石中火
任你天地移
我暢巌中坐

十八

多少天台人
不識寒山子
莫知真意度
喚作閑言語

十九

一住寒山萬事休
更無雜念掛心頭
閑於石壁題詩句
任運還同不繋舟

二十

客難寒山子
君詩無道理
吾観乎古人
貧賤不為耻
應之笑此言
談何疎闊矣
願君似今日
銭是急事爾

二十一

久住寒山凡幾秋
獨吟歌曲絶無憂
蓬扉不掩常幽寂
泉涌甘漿長自流
石室地鑪砂鼎沸
松黄柏茗乳香甌
飢餐一粒伽陀藥
心地調和倚石頭

＊宮内庁本には第三句から第六句までが欠けている。
スナイダーはこの版をテキストにしている。

二十二

寒山頂上月輪孤
照見晴空一物無
可貴天然無價寶
埋在五陰溺身軀

二十三

我家本住在寒山
石巖棲息離煩縁
泯時萬象無痕跡
舒處周流徧大千
光影騰輝照心地
無有一法當現前
方知摩尼一顆珠
解用無方處處圓

二十四

時人見寒山
各謂是風顚
貌不起人目
身唯布裘纏
我語他不会
他語我不言
為報往来者
可来向寒山

あとがき

わたしは二十世紀の詩といっしょに育った。それは情緒を排した、タフで切れ味の鋭いエリート意識が生み出した詩である。エズラ・パウンドが中国詩を紹介してくれたので、中国の古典を勉強するようになった。自分の体験から詩を書こうとすると、モダニズムのほとんどがお手本にはならなかった。例外は中国と日本の詩に関心をもつようになったことだ。

二十四歳までにかなりの数の詩を書いてきたが、詩はもう止めようと考えていた。そのころわたしの関心は、言語学、ウォーフの仮説、北アメリカの口承文学、そして仏教へと移っていった。やってきた仕事のほとんどは野外での労働だった。

一年間ほど大学院で東洋言語を学んだあと、一九五五年の夏、トレイル作業員としてヨセミテ国立公園との契約に署名した。そしてすぐにパイユート・クリークの上流域での仕事が始まった。そのあたりは滑らかな白い花崗岩がひろがり、松やねじれた杜松《としょう》が点在する、氷河期の名残がいまでもはっきり見てとれる地域だ。山肌の基岩は光り輝き、夜になると澄み切った空の星にきらきらと輝いている。シャベル、ツルハシ、ダイナマイト、それに巨岩を相手の長い一日の重労働と何かを放棄したような不思議な精神状態のなかで、わたしのコトバはこれまでの緊張から解放されていった。仕事がおわると、夜は瞑想することができるようになり、気がつくと自分でも驚くような詩を書いていた。

この詩集はその瞬間を記録したものである。最初の一連の作品は、山での仕事の透明な空気のなかで書かれたものだ。最後の数篇は、日本での滞在と海での仕事から生まれた。タイトルの『リップラップ』は、肉体労働、石を据えることを称えている。また、宇宙のすべてが互いに結びつき、浸透し、互いを映しだし、受け入れていると、はじめてかいま見たような気がした。そのイメージを『リップラップ』は称えている。

これらの作品の特徴となっている単音節語を一つひとつ並べる手法やその簡潔さ、これはもちろん中国詩から学んだものだ――そしてラバの蹄の響く音など――これらすべてがこの文体を育んできた。シエラネヴァダからもどると、もう一学期バークレーで勉強し、それから一年京都で禅を学び、そのあと九カ月間、太平洋とペルシャ湾を航行するタンカーの機関室で過ごした。

二回目の日本への旅の途中で、和綴の製本による『リップラップ』の初版（五〇〇部）が、大徳寺から通りをいくつか離れたところにある小さな店で印刷された。これはシド・コーマンとローレンス・ファーリンゲッティの援助によって作られた。

その小さな本はよく売れた。日本で出版された第二版（一〇〇〇部）が売り切れると、ドン・アレンの目にとまり、サンフランシスコにあるグレイ・フォックス出版から出版されることになった。ドンとわたしは、唐時代の山に隠遁した禅詩人、寒山の詩の英訳を『リップラップ』に加えることに決めた。この翻訳は、バークレー校で陳世驤《チェンシーシャン》のクラスを取っていたときに始めたものだった。陳先生はわたしの友人であり恩師でもある。先生の詩についての知識と情熱は桁はずれだった。そして人生の楽しみ方にも長けていた。フランスの詩をそらで引用し、唐や宋時代の名詩のほとんどを何も見ずに黒板に書いていた。先生の翻訳、陸機による文学についての散文詩『文賦』から、「斧の柄」についての格言（「斧を操《と》りて、柄を伐るに至りては、則《のり》を取ること遠からず」）を学んだ。これは詩についても同じだ。（精神は精神を明らかにする。）

もしアカデミズムの世界にとどまっていたら、さらに多くの中国詩を翻訳していたことだろう。しかしそのころ、わたしの足は禅堂へ向いていた。

詩は最小の表層構造から生まれる、という考えは古くからあった。その深層にある複雑さは、目に見えない淵の底や川岸のえぐれといった、暗く古い隠れ場に潜んでいる。これは、スコットランドとイングランドの最良の伝承バラッドにみられる「取り憑いて離れない」ものの本質だ。また中国詩（抒情詩）の美学の核にあるのも同じものである。杜甫は「詩人は気高く素朴であれ」といった。禅では「未熟な者は、派手なもの、目新しいものに心を奪われる。修行を積んだ者は、平凡なものに歓びをみる」という。

言語のプリズムをとおして世界を見せるのが詩である、と考える詩人たちがいる。その試みは価値がある。また一方で、言語のプリズムをいっさい使うことなく世界をながめ、その見たものを言語にもたらす作品もある。中国や日本の大部分の詩がこれまで目指してきたものは後者だ。

『リップラップ』に収められている詩のいくつかは、不安定な深層がその下に組み込まれた表層の平易さを表現しようとする当時の試みである。わたしはこの類の詩だけを目指しているわけではない。情熱的で華麗で乱雑きわまりない言語をあつかった詩もある。この本で試みた平易な詩は、無視されかねない。しかしその目指す方向が、わたしは気に入っているのかもしれない。なんというすばらしい危険な賭けなのだろう。

またこの詩は、シエラネヴァダへもどっていった。そこではいまでもトレイル作業員が文字どおりリップラップをしている。この作品は、その技巧だけでなく、その汗によって評価されているのだろう。ベテランのトレイル作業員の親方（いまはヨセミテの歴史家）ジム・スナイダーが、「いまでもこの作品は、シエラの奥地にある作業員たちの野営地で、火明かりをたよりに読み継がれているよ」、とおしえてくれた。

＊本稿は出版五十周年記念版に付されたものです。

*

訳注

八月なかば、サワドー山の火事見張り小屋にて

サワドー山＝ワシントン州北部ノースカスケード山脈、ディアブロ湖の北に位置する山（一八二四メートル）。

火事見張り小屋＝スナイダーは一九五三年の夏、この見張り小屋で火事の見張り番をした。『地球の家を保つには』（*Earth House Hold*, 1969）の「火の見番日記」を参照。また、「サワドー山の火事見張り小屋に残された詩」という作品が『雨ざらし』（*Left Out in the Rain*, 1986）にある。

一九五四年夏、遅い雪と製材所のストライキ

ストライキ＝一九五四年七月初めから始まったストライキ。二カ月半続き、十万人の製造業者が参加した。

シャクサン山＝ワシントン州北部ノースカスケード山脈、ベーカー山の東に位置する山（二七八二メートル）。

ベーカー山＝ワシントン州北部ノースカスケード山脈、ベーカー湖の北西に位置する山（三二八五メートル）。州内で三番目の標高。一九九八年から翌九九年にかけて、二十九メートルの積雪を記録した。

病んだ女たちへの賛歌

ユルト＝中央アジアのモンゴル人やチュルク族などの遊牧民が使用する伝統的な移動式住居。
カーリー＝ヒンドゥー教の女神。シヴァ神の妃。死と破壊、そして創造の相を合わせ持つ。
シャクティ＝「神の力」、「聖なる力」を意味するサンスクリット語。最高神の妃を指す場合もあり、例えばパールバティーはシヴァ神のシャクティにあたる。シャクティと呼ばれる女神たちは、穏和なイメージと恐ろしいイメージを兼ね備えている。

パイユート・クリーク

『カリフォルニアのハイ・シエラ』（*The High Sierra of California*, 2002）の「ゲーリー・スナイダーのハイ・シエラ・ジャーナル」を参照。
パイユート・クリーク＝カリフォルニア州の中部、シエラネヴァダ山脈に位置するヨセミテ国立公園の北部を流れる渓流。名前は、シエラネヴァダ山脈の東側にあるモノ・レイク（湖）の近くに暮らしていたパイユート・インディアンに由来する。

クーガー＝カナダ南部からパタゴニアにかけて生息するネコ科の動物。ピューマ、アメリカライオンとも呼ばれる。
コヨーテ＝北米の草原地帯を中心に生息する肉食性イヌ科の動物。体長約一メートル、体重十〜十八キロ。オオカミに似ているが小型。

火明かりのミルトン

『カリフォルニアのハイ・シエラ』、一九五五年七月二十七日のジャーナルを参照。
ジョン・ミルトン（John Milton, 1608-74）＝イギリスの詩人。ピューリタン革命に参加し、クロムウェルが率いた共和政府の秘書官を務める。失明後、口述で『失楽園』（*Paradise Lost*, 1667）、『復楽園』（*Paradise Regained*, 1671）、『闘士サムソン』（*Samson Agonistes*, 1671）を完成させる。
「ちくしょう地獄だ、おれの目は悲しみのうちに……」＝『失楽園』第四巻にあるサタンの台詞。
片手ハンマー＝岩を砕くために錐を打ち込む際などに使うハンマー。英語ではシングルジャックという。柄は二十五センチほど、頭は一・五キロほどのものが平均的。両手で持つハンマーに比べて、柄が短いので、正確に叩ける。
スイッチバック＝急勾配を上るために、ジグザグに作られたトレイル。
カケス＝スズメ目カラス科カケス類の鳥で、体長約三十センチ。北米大陸太平洋岸に分布。
シエラ＝シエラネヴァダ山脈。カリフォルニア州東部を南北に走る山脈。北部のフレドニア峠から南部のテハチャピ峠まで南北約六五〇キロにも及ぶ。カリフォルニア州のセントラルヴァレーで西部と、グレートベースンで東部と接し、東西約四十キロにわたっている。最高峰はホイットニー山（四四一八メートル）。現在スナイダーが暮らしている「キットキットディジィ」はシエラ北西部の山麓にある。

悪魔＝「敵対する者」を意味するヘブライ語 satan に由来。キリスト教では、神に仕える大天使から堕天使になったルシファーを指す。

ペイト・ヴァレーの上で

ヨセミテの歴史家ジム・スナイダー（James B. Snyder, b. 1944）の回想によれば、一九五五年七月から八月にかけて、スナイダーはペイト・ヴァレーでトレイル作業員の親方ロイ・マーチバンクからリップラップの技を学んだとのこと。「リップラップと昔ながらのやり方——ヨセミテのゲーリー・スナイダー」、一九五五年」、『ゲーリー・スナイダー——人生の諸相』（*Gary Snyder : Dimensions of a Life*, 1991）を参照。

ペイト・ヴァレー＝ヨセミテ国立公園の北、トゥオルミー川がパイユート・クリークと合流する谷。

アスペン＝ヤナギ科ハコヤナギ属の植物。北米大陸に広く分布し、十〜十二メートル程度になる落葉広葉樹。

黒曜石＝無斑晶、あるいはほとんど斑晶を含まないガラス質の火成岩。黒色のものが多く、ガラス光沢を有する。割ると断面は貝殻状で非常に鋭い。世界各地で先史時代より矢尻や槍の穂先として利用された。
ベアグラス＝北米大陸西部原産のユリ科の多年草。

水

ガラガラヘビ＝トカゲ目クサリヘビ科マムシ亜科に属する毒ヘビ。体長四十センチほどの小型種から二・五メートルをこえるものまであり、大型種は特に危険性が高い。太くて重い体で、頭部は三角形、細い頸部とはっきり区別できる。尾の先端に特殊な発音器官を持ち、「ズー、ジー」という独特の警戒音を出す。主に北米大陸に生息する。

イカした友へ

離れ岩＝波食のために断崖状の海岸から孤立し、煙突状に屹立する岩。
ディヴァの少女＝古代仏教美術に見られる女神、あるいは女神のように踊る女性。
ヴィーナス＝ローマ神話における春、花園、豊穣の女神。ギリシア神話のアフロディテと同一視され、愛と美の女神とされた。
ジマーのインド美術の本＝ドイツ人インド学者で南アジア芸術の歴史家ハインリッヒ・ロバート・ジマー（Heinrich Robert Zimmer, 1890–1943）の著書 *Myths and Symbols in Indian Art and Civilization*

(1946) のこと。

バークレー＝カリフォルニア州アラメダ郡にある人口約十万人の都市。サンフランシスコからベイブリッジを渡ったところにある大学町。政治的、社会的に米国で最も進歩的な都市の一つとして知られている。カウンターカルチャーの中心地。カリフォルニア大学バークレー校があり、スナイダーは一九五三－五五年まで同校大学院東アジア言語学科に在籍し、日本語と中国語を専攻していた。

パッカード社＝米自動車メーカー、パッカード社の乗用車。同社は一九五八年に倒産。

サンドラ・ギルバート (Sandra M. Gilbert, b. 1936)＝スナイダーと同様、現在はカリフォルニア大学デイヴィス校名誉教授。文芸批評家で詩人。フェミズム批評、精神分析批評の分野において幅広く執筆。スーザン・グーバーとの共著『屋根裏の狂女――ブロンテと共に』(*The Madwoman in the Attic*, 1979) が有名。

馬草

『カリフォルニアのハイ・シエラ』、一九五五年七月十五日のジャーナルを参照。

サンウォーキン＝カリフォルニア州セントラルヴァレーにある町。マリポサの南、九十九号線と州間道五号線の間に位置する。

マリポサ＝カリフォルニア州マリポサ群に位置する町。シエラネヴァダ山脈西側の山麓にあり、ヨセミテ国立公園の玄関口。アメリカ杉の巨木があることで有名。

アメリカ杉＝スギ科の常緑針葉樹の高木。カリフォルニア州の州木。北米大陸西部に自生し、高さ一〇〇メートル、直径七メートルに達するものもある。
アルファルファ＝近東および中央アジア原産のマメ科ウマゴヤシ属の多年生の牧草。飼料価値が高い。
ブラック・オーク＝北米大陸西部に自生するブナ科アカガシワ類の落葉広葉樹の高木。

薄氷

一九五六年一月から二月にかけて、スナイダーはアレン・ギンズバーグ（Allen Ginsberg, 1926-97）とワシントン州北東部へヒッチハイクの旅をした。
スーマス山＝ワシントン州ワットコム郡にある山（一〇四五メートル）。ベリンガムから北東約二十四キロ、ヴェダー山の南西に位置する。
ハンノキ＝カバノキ科ハンノキ属の落葉広葉樹の高木。
ヌックサック川＝ワシントン州北西部ベーカー山付近を水源とし、ベリンガム湾に注ぐ川。
「薄氷を踏むがごとし――」＝「戦戦競競、如臨深淵、如履薄氷」（『詩経』より）

ヌックサック・ヴァレー

ヌックサック・ヴァレー＝ヌックサック川の流域に広がる平地。

九十九号線＝現在は州間道五号線（Ｉ－５）にその役割を譲っているが、この古いハイウェイはブリティッシュ・コロンビアからバハカリフォルニアまでの太平洋岸を縫うように走っている。

雨期のあいだずっと

ユーカリ＝フトモモ科ユーカリ属の常緑広葉樹の高木。オーストラリア原産。アメリカ杉を大量に伐採したあと、カリフォルニア州マリン郡に栽植された。

鳥たちの渡り

ハチドリ＝アマツバメ目ハチドリ科。体長約十センチ。北米大陸西海岸に分布する渡り鳥。西海岸沿いをカナダの南部からバハカリフォルニアの北部まで移動する。この詩の書かれた翌月にスナイダーは日本へ渡った。

ジャック・ケルアック（Jack Kerouac, 1922–69）＝米国の小説家、詩人。ビート・ジェネレーションを代表する作家の一人。代表作は『オン・ザ・ロード』（*On the Road*, 1957）。また、スナイダーを主人公にした小説『ザ・ダルマ・バムズ』（*The Dharma Bums*, 1958）がある。一九五五年、サンフランシスコの北にあるミル・ヴァレーの小屋でスナイダーと共同生活をしていた。

『金剛経』＝金剛般若経とも呼ばれる。「尊い神聖な智恵の完成」の教えで、般若経典の一つ。「空」という語が用いられずに「空」が説かれる。
『鳥たちの渡り』＝フレドリック・チャールズ・リンカーン（Frederick Charles Lincoln, 1892–1960）の著書、『鳥たちの渡り』（*Migration of Birds*, 1935）。
ムナグロ＝チドリ目チドリ科ムナグロ属。体長約二十五センチ。アラスカ、カナダ北部とウランゲリ島などのベーリング海西部の島で繁殖し、南米に渡り越冬する。
キョクアジサシ＝チドリ目カモメ科アジサシ属の渡り鳥。体長約三十五センチ。最も長い距離を移動する種の一つ。
ユキヒメドリ＝スズメ目ホオジロ科ユキヒメドリ属の小型の渡り鳥。北米大陸原産。体長約十五センチ。
ワタリツグミ＝スズメ目ツグミ科の渡り鳥。北米大陸原産。体長約二十五センチ。

東寺

東寺＝京都市南区九条町にある真言宗の寺院で東寺派の総本山。日本ではじめての密教寺院。七九六年創建。八二三年に嵯峨天皇（七八六－八四二）より空海が賜り、真言密教の根本道場となった。
弘法大師＝真言宗の創設者空海（七七四－八三五）の諡号。嵯峨天皇、橘逸勢と共に三筆の一人。十五歳で入洛。十八歳で大学寮に入り官吏としての学問を修めたが、仏教に転じ、儒教、道教を離れた。
菩薩＝Bodhisattva の音写。大乗仏教においては、悟りに達していながら、他の衆生を救うために涅槃入りを遅らせ、人間界にとどまっている者のこと。

観音＝大乗仏教において、特に崇拝されている菩薩。梵名 Avalokiteśvara とは、ava（遍く）、lokita（見）、īśvara（自在者）という語の合成語で、観察することに自在な者の意。阿弥陀仏の脇侍にもなる。慈悲の徳によって衆生を救う。救いを求める者に応じて千変万化する。

東本願寺

東本願寺＝京都市下京区烏丸通七条にある真宗の寺院で、大谷派の本山。真宗本廟という。通称「お東」。一六〇二年に徳川家康の後援で教如が西本願寺から分かれて創建。御影堂に、宗祖である親鸞聖人の御真影を、阿弥陀堂には本尊の阿弥陀如来を安置している。

木彫りの欄干＝大師堂北落縁西端の彫刻。右に牡鹿、左に牝鹿。詩にあるように、牡鹿は振りむき、牝鹿を見ている。

京都　三月

比叡山＝滋賀県大津市西部と京都府京都市北東部にまたがる山（八四八メートル）。大比叡と四明岳の二峰からなる双耳峰。天台宗総本山延暦寺と日吉大社があり、古くから信仰の対象とされてきた。

石庭

石庭＝水を用いず、地形や砂礫、石のみで山水を表現する日本庭園の形式。南北朝から室町時代にかけて禅宗寺院で発達した。大徳寺塔頭大仙院や竜安寺の枯山水などが有名。

女神＝ここでの女神は、詩人に詩のインスピレーションを与える女神ミューズではなく、大地の豊饒を司る地母神のこと。ロバート・グレーヴズ（Robert Graves, 1895–1985）の『白い女神』（*The White Goddess*, 1948）を参照。

宝石をちりばめた木々と蓮の花冠＝阿弥陀経で、釈迦が語る極楽の様子。

在原業平（八二五‐八八〇）＝平安初期の歌人。六歌仙、三十六歌人の一人。『伊勢物語』の主人公とみなされている。『古今集』以下の勅撰集に九十首近く入集。和歌の名手、色好みの典型的美男とされ、能楽や歌舞伎、浄瑠璃など多くの文芸作品のモデルとなった。ここでは『伊勢物語』にある次の和歌がもとになっている。「名にし負はば　いざこと問はむ　都鳥わが思ふ人は　ありやなしやと」。業平は東国への旅の途中、武蔵の国の隅田川のほとりで群がり遊ぶ鳥をみて、その名を渡し守にたずねると、「都鳥」と答えたのでこの歌を読んだという。

大伴家持（七一八？‐七八五）＝奈良時代の政治家、歌人。三十六歌仙の一人。鷹狩りの名手として有名。『万葉集』に長歌四十六首、短歌四三二首、旋頭歌一首と、万葉歌人中最大の量を残した。ここでは、『万葉集』十七巻、四〇一一の長歌「大君の　遠の朝廷そ　み雪降る　越と名に負へる……」がもとになっている。この和歌で家持は、鷹匠が誤って逃がしてしまった鷹に思いをはせている。

ヘンリー・デイヴィッド・ソロー（Henry David Thoreau, 1817–62）＝アメリカン・ルネッサンスを代表する作家。彼の生き方や自然観は、二十世紀の詩人や作家に大きな影響を与えている。また、マハトマ・ガンディー（Mohandas Karamchand Gandi, 1869–1948）やマーチン・ルーサー・キング牧師（Martin Luther King, 1929–68）の非暴力直接行動主義に多大な影響を及ぼした。ネイチャー・ライティングの源流をなす作家。代表作は『森の生活』（*Walden*, 1854）。『森の生活』の「経済」にある次の件がもとになっている。「ずっとむかしのことだが、私は一匹の猟犬と一頭の栗毛のウマと一羽のキジバトを失い、いまでもその行方を探している」（飯田実訳『森の生活』）。

サッパ・クリーク号

サッパ・クリーク号＝第二次世界大戦中に大量生産されたT－2（石油タンカー）の一つ。一九四三年に建造され、五九年十二月七日にその役割を終える。スナイダーは五七年八月、横浜港からこのタンカーに乗船し、翌五八年四月にカリフォルニアに戻るまで、船員として機関室で働いていた。乗船している間に同船はペルシャ湾に五度航海し、イタリア、シシリー、トルコ、沖縄、ウェーク、グアム、セイロン、サモア、ハワイに原油を運んでいる。スナイダーはこのときの体験を『地球の家を保つには』の「タンカー・ノート」に記している。

T－2タンカー・ブルース

T－2タンカー＝サッパ・クリーク号のこと。
マルキ・ド・サド（Marquis de Sade, 1740-1814）＝フランス革命期の政治家、軍人、小説家。スキャンダルを起こし投獄され、精神病院で死んだ。作品のほとんどは獄中で書かれた。サディズムという言葉は、彼の名に由来する。著書には、『ジュスティーヌあるいは美徳の不幸』（*Justine, ou les Malheurs de la vertu*, 1791）、『ジュリエット物語あるいは悪徳の栄え』（*Histoire de Juliette, ou les Prosérités du vice*, 1797）、『ソドムの120日』（*Les 120 Journées de Sodome*, 1904）などがある。
非人間的＝カリフォルニアの詩人ロビンソン・ジェファーズ（Robinson Jeffers, 1887-1962）が提唱したinhumanismを想起させる。ジェファーズのこの思想は、人間を宇宙の中心存在と捉えるのではなく、人間以外の事物に美を見出そうとするもので、人間中心主義を批判するものといえる。ジェファーズの詩集『両刃の斧、その他の詩』（*The Double Axe and Other Poems*, 1948）の「序文」を参照。
ミッドウェイ＝「タンカー・ノート」、「ミッドウェイ　五七・一〇・一」を参照。
グンカンドリ＝熱帯、亜熱帯に生息するペリカン目グンカンドリ科グンカンドリ属の海鳥。体長約八十〜一〇〇センチ。他の海鳥の獲物を奪う習性がある。
ブラーラ＝「兄弟」を意味するハワイ語。
時給三ドル五セント＝当時では高給。

カルタヘナ

カルタヘナ＝コロンビア北西部、カリブ海沿岸に位置する港町。

コロンビア　一九四八年＝スナイダーは一九四八年十八歳のときに、ニューヨークまでヒッチハイクし、船員組合（the Marine Cooks and Stewards Union）に入会し、船員手帳を取得した。このとき、厨房の助手としてコロンビアとヴェネズエラへ行った。

リップラップ

リップラップ＝傾斜の急な山の斜面に、さほど大きくない石をしっかり固定し、人や馬やロバが歩けるようなトレイルを作る作業、あるいはその石のこと。スナイダーは一九五五年の夏、ヨセミテ国立公園でこの作業をしていた。

寒山詩（以下の太字部分は原注）

寒山詩の序

豊干は禅の指導者の正当な系譜に属する人とされているが、唐時代中期には、禅の修行者たちはまだ独立した宗派を作っていなかった。かれらはむしろ、天台宗や律宗の山や寺院で暮らす「瞑想集団」であった。

文殊菩薩は智慧の菩薩、普賢菩薩は愛の菩薩、阿弥陀は無限の慈悲の菩薩。

偈文は仏を称える短い詩。

序の後に閭丘胤は寒山を讃える詩を書いている。それは訳さなかった。

閭丘胤＝「閭丘胤は実際に寒山と拾得と豊干を知り、その不思議な言行をみずから見聞きした人として、それらの話を伝記風に綴っている。のみならず、かれらが残した詩を蒐集して詩集を編んだとも述べている。しかし、かれらがいつの時の人であるかについては、なにも語っていない。第一、当の閭丘胤という人物が、これまた果たして実在した人なのかどうか、すこぶる怪しいのである」（入矢義高氏の『寒山』（一九五八）の解説による）。

唐＝六一八－九〇七年にかけて栄えた中国の王朝。都は長安。均田制、租庸調府兵制に基礎を置く律令制度が整備され、政治、文化が一大発展を遂げた世界的な文明国。二十世哀帝のとき、朱全忠に滅ぼされた。

天台＝天台山。浙江省台州（丹丘）府天台県にある山。天台宗の根本道場。かつて道・仏二教の霊山であった。

国清寺＝天台山にある名高い寺院。天台宗の総本山。寺域には寒山、豊干、拾得を祀った三隠堂がある。

道＝道教の中心概念。万物が生起し、存在、変化する宇宙の根本原理をいう。

四

文語体で書かれた詩のめずらしい例。ほとんどの中国の詩人とは違って、寒山はたいてい口語体で詩を書いている。

五

ゴマ塩あたまの男は寒山自身のこと。黄帝とは「黄帝の書」、老子は『道徳経』のこと。

黄帝は太古の聖人。共に道家の祖。ここでは道家の聖典というほどの意味。

十五

道経と徳経、すなわち『道徳経』のこと。

十六

悪徳農夫＝原文は“kulak”、ロシア革命前の悪らつな金持ち農夫を意味する語。

十七

業《カルマ》＝サンスクリット語で行為、運命を意味する。仏教では身（身体）、口（言語）、意（心）の三つの行為（三業）のことをいう。また、その行為が未来の苦楽の結果を導くはたらきのこと。

二十二

満月はあらゆる存在に宿る仏性の象徴。

五蘊《ごうん》＝無我説に立つ仏教では、「わたし」というものも五つの集合体（五蘊《ごうん》）として存在する（「蘊」は集まりの意）。色蘊（物質的なものすべて）・受蘊（感覚によってとらえられるもの）・想蘊（意識の浮かぶもの）・行蘊（意思のはたらき）・識蘊（認識するはたらき）である。原文の“five shadows”（「五陰」）は、「五蘊」の旧訳《くやく》をさす。

二十三

真珠はあらゆる存在に宿る仏性の象徴。

寒山の詩のほとんどは、一行が五語、あるいは七語からなる楽府《がふ》に近い古詩のスタイルで書かれている。

楽府とは、前漢の武帝が民間の歌謡を採集し、加工や編曲を行わせた役所の名のことで、のちに民間歌謡一般と、それに倣って作られた詩を指すようになった。

あとがき

エズラ・パウンド（Ezra Pound, 1885–1972）＝二十世紀を代表する詩人。ヨーロッパの文学はもちろんのこと、漢詩、日本の能や俳諧にも通じていた。一九一五年に出版した詩集『中国』（*Cathay*）はアーネスト・フェノロサの遺稿をもとに李白、王維、陶淵明らの漢詩を翻案したもの。その他にも、日本の能、『論語』、『大学』、『中庸』、『詩経』の翻訳、『中庸』のイタリア語訳も手掛けている。

「ウォーフの仮説」＝サピア＝ウォーフの仮説のこと。この仮説は言語相対論で、概略は以下の通り。言語は人間の思考を左右しており、言語なしでは概念の形成はあり得ない。我々は母語によって定められた区切り方で自然を区切る。言語は我々の経験を規定し、我々の外界に対する見方に専制的な文配権をもっている。したがって、言語が異なれば思考様式が異なり、さらに人生観、世界観も異なる。サピア（Edward Sapir, 1884–1935）は、著名なアメリカの言語学者で、ウォーフ（Benjamin Lee Whorf, 1897–1941）はサピアの弟子の言語学者・人類学者。

シド・コーマン（Cid Corman, 1924–2004）＝詩人であり、*Origin* の編集者。コーマンは一九五一年に *Origin* を創刊し、そこにはスナイダーやチャールズ・オルスン（Charles Olson, 1910–70）、ロバート・クリーリー（Robert Creeley, 1926–2005）等が作品を発表した。コーマンは、五八年に、京都に滞在していたスナイダーに手紙を書き、スナイダーの友人を通して京都での教職につく。後に、日本人女性と結婚。京都で生活をおくりながら松尾芭蕉や草野心平の詩を英訳した。

ローレンス・ファーリンゲッティ（Lawrence Ferlinghetti, b. 1919）＝詩人。ニューヨーク州ヨンカーズ生まれ。ニューヨークでギンズバーグやケルアックに知り合った後、サンフランシスコに移り、ビートの詩人たちと関係を持つようになる。一九五二年、サンフランシスコにアメリカで初めてのペーパーバックだけの書店兼出版社「シティ・ライツ」を開く。ギンズバーグの『吠える、その他の詩』（*Howl and Other Poems*, 1956）など数多くの詩集を出版し、若い詩人を支えてきた。代表作『心のコニーアイランド』（*A Coney Island of the Mind*, 1958）はアメリカ詩のベストセラーのひとつ。

ドナルド・アレン（Donald Merriam Allen, 1912–2004）＝編集者。*The New American Poetry：1945–1960*（1960）を出版し、新たな世代の詩人を紹介した。フランク・オハラ（Frank O'Hara, 1926–66）やフィリップ・ウェーレン（Philip Whalen, 1923–2002）の詩集等も編さんしている。

斧の柄＝スナイダーの詩集『斧の柄』（*Axe Handle*, 1983）、及び表題詩はこれがもとになっている。

寒山とスナイダーの出会い

原 成吉

一九五五年の夏、スナイダーはカリフォルニアのヨセミテ国立公園でトレイル作業（リップラップ）を経験した。このシエラネヴァダの山は、かれがそれまで慣れ親しんでいたアメリカ北西部のカスケード山脈とは違っていた。そこは乾燥した高地に花崗岩の山肌が広がる「ハイ・シエラ」と呼ばれる場所であった。ここから詩人ゲーリー・スナイダーが生まれる。シエラからもどるとスナイダーは、カリフォルニア大学バークレー校の大学院で陳驤世教授の中国文学のクラスをとる。陳先生から、「この学期は何を中心に勉強したいのか」ときかれ、スナイダーは「仏教徒の詩人を研究したいのですが」とこたえた。「それならばきみにうってつけの詩人がいる。名前は寒山だ。東アジア図書館から借りてきたまえ」といわれた。そのテキストは日本版で和綴じの寒山の全詩集だった。

寒山の作とされる詩は三〇〇篇余りあるが、スナイダーはそのなかから二十四篇を選び、翻訳している。どのような理由でこれらの作品を選んだのか、という質問にたいしてスナイダーは「答えは簡単。「寒」という語と「山」という語が入っている詩を選んだのです——何よりもそれが、面白そうな詩を見つける目印になるだろうと考えたからです。それからこの二語が入っていない詩もいくつか選びました」と述べている。

そのセメスターの間、選んだ詩を読んだり、翻訳したり、解釈していたという。受講生はスナイダーの他に二人、一人はアジア人だった。院生たちはよく議論した。そのたびごとに陳先生は適切な指導をしてくれた。学期が終わるころには、二十四篇の翻訳はできていた。その二年前に『エンカウンター』誌に発表されたアーサー・ウェリーによる二十七篇の翻訳にも目を通していた。しかしこれを出版するつもりはまったくなかったという。

この時期、スナイダーは東部からやってきたジャック・ケルアックと知り合い、カリフォルニア州マリン郡ミル・ヴァレーの小さな小屋、「馬林庵」（マリンアン）で暮らしていた。ケルアックはスナイダーから寒山の詩について学んだ。スナイダーを主人公のモデルにした『ザ・ダルマ・バムズ』（*The Dharma Bums*, 1958）の献辞には、「寒山へ」と記されている。

これは余談になるが、スナイダーが暮らしているシエラ北部西側サンワン・リッジにあるキットキットディジィの書斎には、いまもこの本の初版本が残っている。その扉には「ゲーリーへ——（すなわち「ジャフィ」に）。献辞に「寒山へ」と書いたとき、ぼくはそれをきみに捧げたのだ——最後の二ページを気に入ってくれたらうれしいな——ジャック」とある。

その下には、「屋根のうえ／三羽の雀が／話している、穏やかに、悲しげに」というハイクが添えられている。

スナイダーは出来上がった翻訳を、アラン・ワッツのところへ持っていった。ワッツはサンフランシスコにある「アジア研究所」の創設者の一人で、アメリカに禅を広めたイギリス人である。ある日の夕方、ワッツに招かれ、研究所で寒山の翻訳を朗読した。ワッツを含め、学生たちの反応はすこぶるよかった。二～三カ月後、『エヴァーグリーン・レビュー』誌を編集していたドナルド・アレンから、寒山の翻訳を掲載したいので送ってほしいという手紙が来た。初出は、一九五八年［*Evergreen Review* II, 6 (Autumn 1958)］である。

スナイダーは一九五六年五月に来日する。かれのスポンサーでもあった大徳寺、龍泉庵《りょうせんあん》のルース・フラー・ササキは、寒山の翻訳を読み、その出来ばえに納得した。当時ルース・ササキは、中国語の原典から『臨済録』の英訳を行うための研究者グループを組織していた。スナイダーもこのプロジェクトに加わった。そのなかに中国文学者の入矢義高がいた。入矢は一九五八年に『寒山』（「中国詩人選集」五）を出版する。この註や解釈は、これまでの仏典を引き、禅の視点から詩を読むものとは違って、詩のコトバに即した、寒山のユニークな詩の世界を伝えている。寒山の詩は、「何ものにもとらわれない、しかもやせてはいない、充実した、絶対自由の境地……まったく裸の人間の言葉」（吉川幸次郎の「跋」より）といえるだろう。その入矢もスナイダーの翻訳を読んで気に入ってくれた。

一九六四年、スナイダーの「寒山」は、また新たな展開をむかえる。学外研修のトム・ガン（イギリスの詩人）に代わって、スナイダーはUCバークレーの英文科で教えることになる。当時、東アジア言語学科で教えていたシリル・バーチ博士が、英訳による新しい中国文学のアンソロジー（*Anthology of Chinese Literature* Vol. Ⅰ, 1965 : Vol. Ⅱ, 1972）を編さんしていた。バーチは寒山の英訳を読み、スナイダーに掲載の許可をもとめた。スナイダーの「寒山詩」は、上巻に収録されることになった。この『中国文学選集』はヨーロッパでも広く読まれたため、スナイダーの「寒山」は中国文学を代表する詩人の一人として知られるようになった。ご存じのように、日本では、寒山は禅画や禅仏教の関係から語られることが多いが、中国では、これまで正統な文学史に登場することはなかった。中国の文芸批評家や歴史家は、バーチの編集に少なからず驚いたという。

スナイダーは現在の中国では、ビート・ジェネレーションの詩人として、また中国語版『ザ・ダルマ・バムズ』によって、よく知られている。こういった背景には、この「寒山ストーリー」も一役買っているのかもしれない。

一九六五年に、スナイダーの「寒山詩」は、処女詩集『リップラップ』とあわせて一冊の詩集としてアメリカで出版された。

数年前の夏、詩人の案内で、シエラネヴァダの南に位置するセコイヤ国立公園のハイ・シエラで、一週間ほどキャンプをしたことがあった。そのときキャンプファイヤーの火明かりのなかで、『リップラップ』から数篇を読んでくれた。シエラの詩人が山に帰ってきたのをどこかで聞きつけたパーク・レインジャーたちが、火のまわりにやってきた。暗闇のなかで朗読するスナイダーの姿に、ぼくは寒山を重ねながら聴いていた。出版五十周年記念版「あとがき」にあるように、この作品はいまも山で読み継がれている。

＊

この詩集は『リップラップと寒山詩』（50th Anniversary Edition, *Riprap & Cold Mountain Poems*. Berkeley：Counterpoint, 2009）の全訳です。

詩集の表紙は、アメリカ版と同じハイ・シエラの風景をえがいた木版画「ビッグ・アヨロのフォックステイル・パイン」を版画家のトム・キリオン氏が提供してくれました。スナイダーとの共著『カリフォルニアのハイ・シエラ』（*The High Sierra of California*. Berkeley：Heyday Books/Yosemite Association, 2002）は、キリオン氏の多色刷り木版画とスナイダーの「シエラ・ジャーナル」の美しいコラボレーションとなっているので、ぜひあわせてご覧ください。扉の「リップラップ」の写真は、かつてのトレイル・クルーで実際にリップラップの作業をしていた、ヨセミテの歴史家ジム・スナイダー氏が撮影したものです。お二人の友情に心よりお礼申し上げます。

訳注を作るにあたっては、獨協大学大学院でアメリカ詩を専攻している関根路代さんにお世話になりました。また、この詩集を一緒に読みながらユニークな解釈を引き出し、作品の理解を深めてくれた原ゼミのみなさん——あの熱い議論からたくさんのヒントとエネルギーをもらいました。すてきな時間をありがとう。

思潮社編集部の髙木真史さんには、最初から最後まで貴重なアドバイスと暖かいサポートをいただきました。感謝申し上げます。

たくさんの稚拙な質問にも忍耐づよく丁寧に答えていただいたゲーリー・スナイダー氏には、感謝の言葉が見つかりません。このような共同作業ができたことは、訳者としてとても幸運でした。

スナイダー氏が最初に日本にやってきてから、五十五年の歳月が過ぎました。環太平洋文化圏に暮らしている私たちは、かれの詩やエッセイから日々の「リップラッピング」の大切さを学んできたような気がします——ありがとう、ゲーリー。この日本語版が詩的想像力に何かを問いかけるきっかけになれば、訳者としてうれしい限りです。

二〇一一年、夏、キットキットディジィにて

略歴

ゲーリー・スナイダー　Gary Snyder

一九三〇年、サンフランシスコ生まれ。五〇年代中頃、アレン・ギンズバーグ、ジャック・ケルアックらビート世代に大きな影響を与える。五六年から六八年まで日本に滞在し、禅の修行と研究を行なう。六九年に「亀の島」にもどり、七〇年からシエラネヴァダ山脈北部で暮らし始める。文筆活動、ポエトリー・リーディング、禅仏教の実践と研究、環境保護活動、カリフォルニア大学デイヴィス校教授（現在は名誉教授）など多彩な活動を展開。「ガイアのうた」を書きつづけるディープ・エコロジストの詩人。ピューリッツアー賞、ボリンゲン賞、日本の仏教伝道文化賞、正岡子規国際俳句大賞などを受賞。

＊

原成吉　はら・しげよし

一九五三年東京生まれ。獨協大学外国語学部教授。訳書にゲーリー・スナイダー『新版　野性の実践』（重松宗育と共訳）、『絶頂の危うさ』、『終わりなき山河』（山里勝己と共訳）、海外詩文庫『ウィリアムズ詩集』（訳編）、『チャールズ・オルスン詩集』（北村太郎と共訳）などがある。

Riprap and Cold Mountain Poems
50th Anniversary Edition from Counterpoint, 2009.

リップラップと寒山詩《かんざんし》　ゲーリー・スナイダー・コレクション1

著者
ゲーリー・スナイダー
訳者
原成吉
発行者
小田久郎
発行所
株式会社思潮社
〒一六二―〇八四二　東京都新宿区市谷砂土原町三―十五
電話〇三（三二六七）八一五三（営業）・八一四一（編集）
FAX〇三（三二六七）八一四二
印刷
三報社印刷株式会社
製本所
株式会社川島製本所
発行日
二〇一一年十月二十九日